中國書迹名品 臨摹卡

鄧石如

篆書白氏草堂記
朱晦庵文語四屏

弘蘊軒 編

圖書在版編目（CIP）數據

中國書迹名品：臨摹卡. 鄧石如 篆書白氏草堂記 朱晦庵文語四屏 / 弘蘊軒編. — 北京：中國書店，2024.1
ISBN 978-7-5149-3335-2

Ⅰ. ①中… Ⅱ. ①弘… Ⅲ. ①篆書－碑帖－中國－清代 Ⅳ. ① J282.21

中國國家版本館 CIP 數據核字 (2023) 第 126439 號

中國書迹名品 臨摹卡
鄧石如　篆書白氏草堂記　朱晦庵文語四屏

弘蘊軒　編
責任編輯：楊　宇

選題策劃：北京弘蘊軒文化發展有限公司
出版發行：中國書店
社　　址：北京市西城區琉璃廠東街 115 號
郵　　編：100050
印　　刷：北京鑫聯華印刷技術有限公司
開　　本：787mm × 1092mm　1/16
版　　次：2024 年 1 月第 1 版第 1 次印刷
印　　張：5
字　　數：30 千字
書　　號：ISBN 978-7-5149-3335-2
定　　價：29.00 元

簡介

鄧石如（一七四三—一八〇五），初名琰，字石如，避嘉慶帝諱，以字行，後又改字頑伯。因居皖公山下，又號完白山人，另有笈游道人、鳳水漁長、龍山樵長等號。安徽懷寧（今安徽安慶）人。清代著名書法家、篆刻家，人贊其書法『四體皆精，國朝第一人也』（曹文植）。其性耿介，遍游名山水，鬻書刻印以自給。少時家境貧寒，不能入學，獨好刻石，善仿漢人印篆。曾經梁巘介紹，客居金陵梅鏐家八年，盡摹所藏秦漢以來金石善本，『每日昧爽起，研墨盈盤，至夜分盡墨，寒暑不輟』，遂工四體書，尤長于篆書。鄧石如由治印而悟筆法，以長鋒羊毫書寫篆書，一改前代篆書勻整拘謹、婉轉柔潤的筆法，方圓兼備，結體茂密，創造出一種沉雄樸厚、兼具『婉而遒』的新篆體，簡化了篆書的書寫，爲後世篆書發展開闢了一條新道路，故康有爲稱『完白山人未出，天下以秦分（小篆）爲不可作之書，自非好古之士鮮或能之。完白山人既出之後，三尺豎僮，僅解操筆，皆能爲篆』。鄧石如之後，以篆書名家者鮮有不受其影響者。

篆書《白氏草堂記》，紙本墨迹，爲六條屏，每屏高近二百厘米，原迹現藏于日本。書後落款：『嘉慶甲子蒲節後一日，書奉仲甫先生教畫，完白山民鄧石如。』可知該書作于嘉慶九年甲子（一八〇四）端午節後一日，爲其晚年篆書代表作之一。《白氏草堂記》又稱《廬山草堂記》，爲唐代詩人白居易在廬山草堂所撰，文見《白氏草堂集》。此作在行筆上一改篆書綫條的光潤細膩，綫條雄渾蒼茫，古拙遒勁，綫條中端收斂堅實，兩旁鋪開，略帶枯澀之筆，殊顯厚重凝練。整幅章法整飭工穩，體勢森嚴剛毅，韵度豪邁醇厚。

《朱晦庵文語四屏》，幅高一百二十七厘米，幅寬三十一厘米，揚州市博物館藏。作品內容爲朱晦庵（朱子）和陸子靜（陸九淵）之間的一段軼事。作品書于清嘉慶八年（一八〇三），爲其晚年巔峰時期的篆書作品。通篇字體修長，靈動飄逸，布局疏朗勻稱，打破了傳統篆書結構的均衡規律。臻于化境，雄渾蒼茫，綫條圓澀厚重，以圓勁勝，自成面目。

南抵石澗夾澗有古
松老杉大僅十人圍

高不知幾百尺脩柯
戛雲低枝拂潭如幢

樹如蓋張如龍節老
松下多灌叢蘿蔦葉

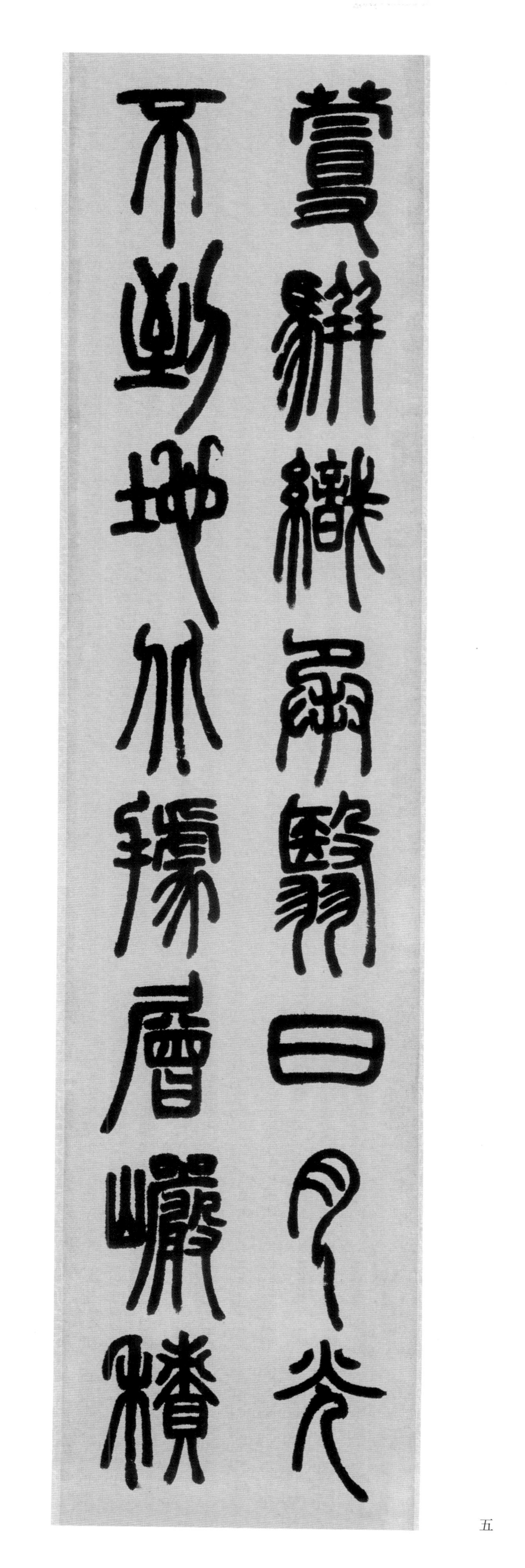

石巖空奇木異艸蓋

覆莫上緣陰蒙蒙未實

雞雞不知其名四時書屋

嘉慶甲子蒲節後一日書奉
仲甫先生教畫

完白山民鄧石如

有古松

老杉大

圍高不

知幾百

如幢樹

如蓋張

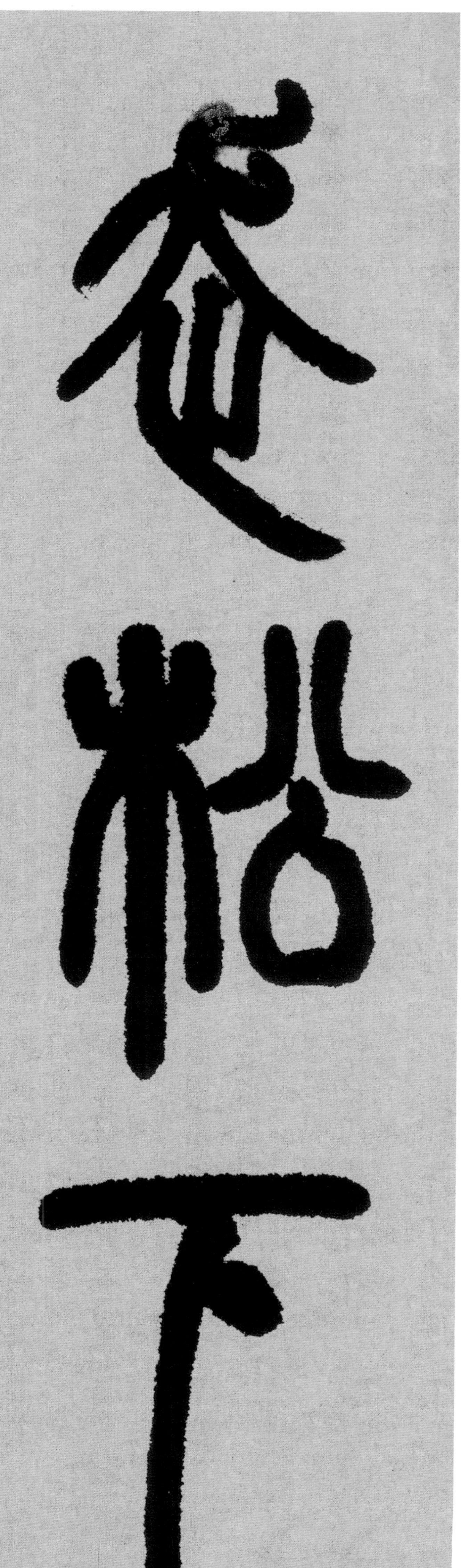

蘿蔦葉

承翳日

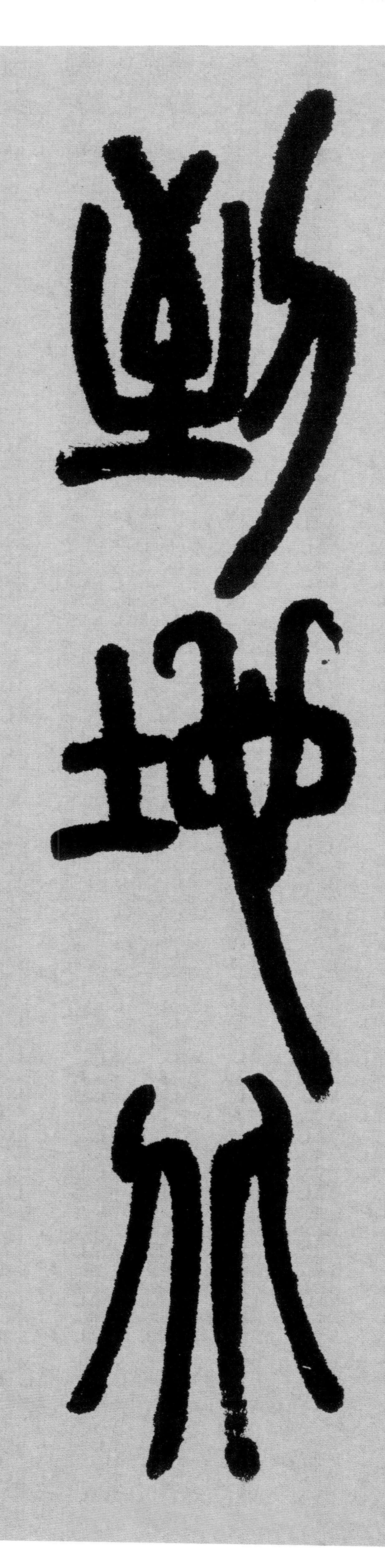

到地北

據層岩

積石嵌

積石嵌

空奇木

覆其上

綠陰蒙蒙

朱實離離

不知其

嘉慶甲子蒲節

後一日書奉

仲甫先生教畫

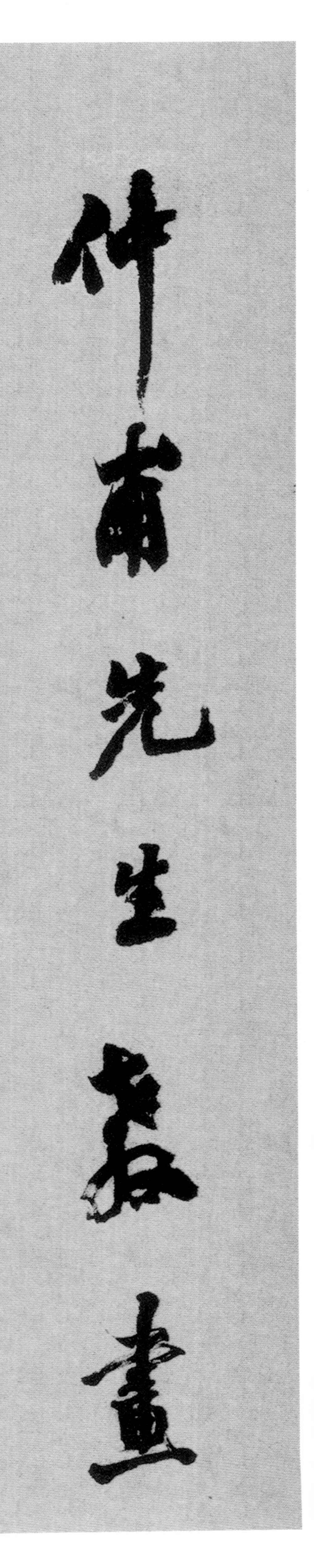

完白山民鄧石如

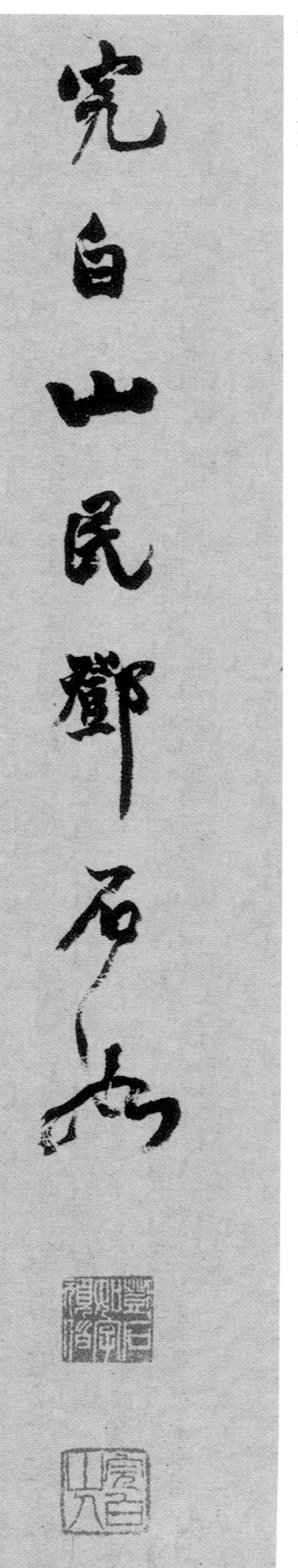

朱晦盦爲南康守著日陸子靜從游晦盦與泛舟而樂曰自有

天地以來即爲此谿
山還有此佳處西逌
豈令叢祠書院講席

請乎靜講君乎喻義
覃聽者如增當時說
得循陛至中生乃流

淒者曉盦深感動雨

氣殺陰而汗心彈扇

嘉慶八年 青龍在癸亥八月下澣

完白山民鄧石如書

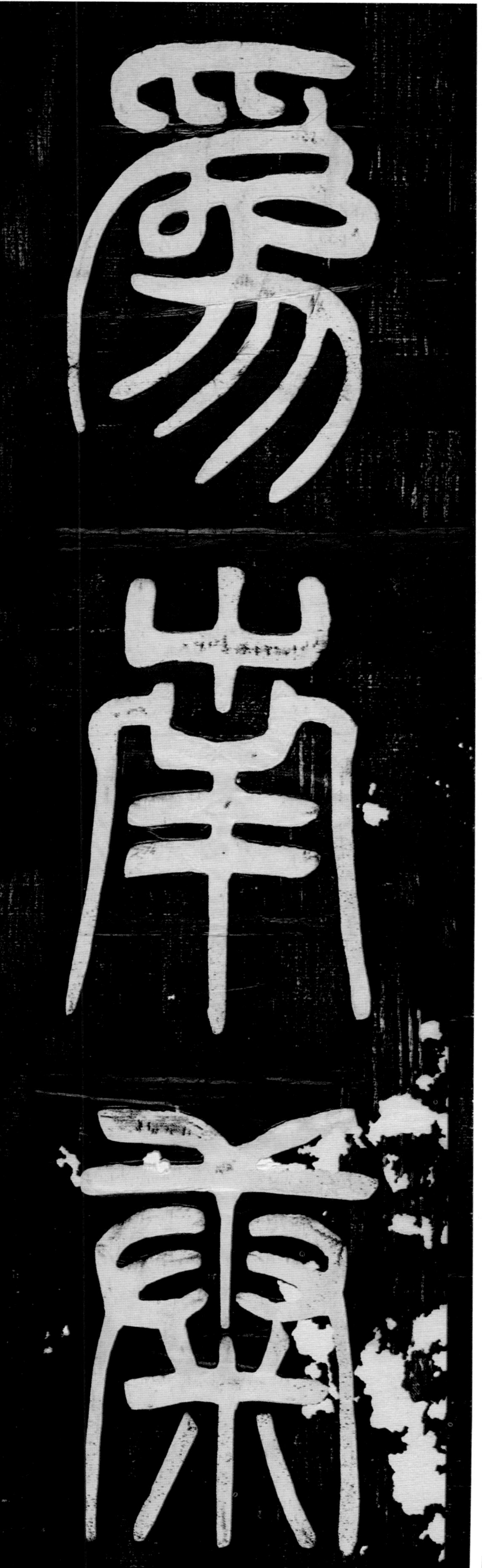

陸子静

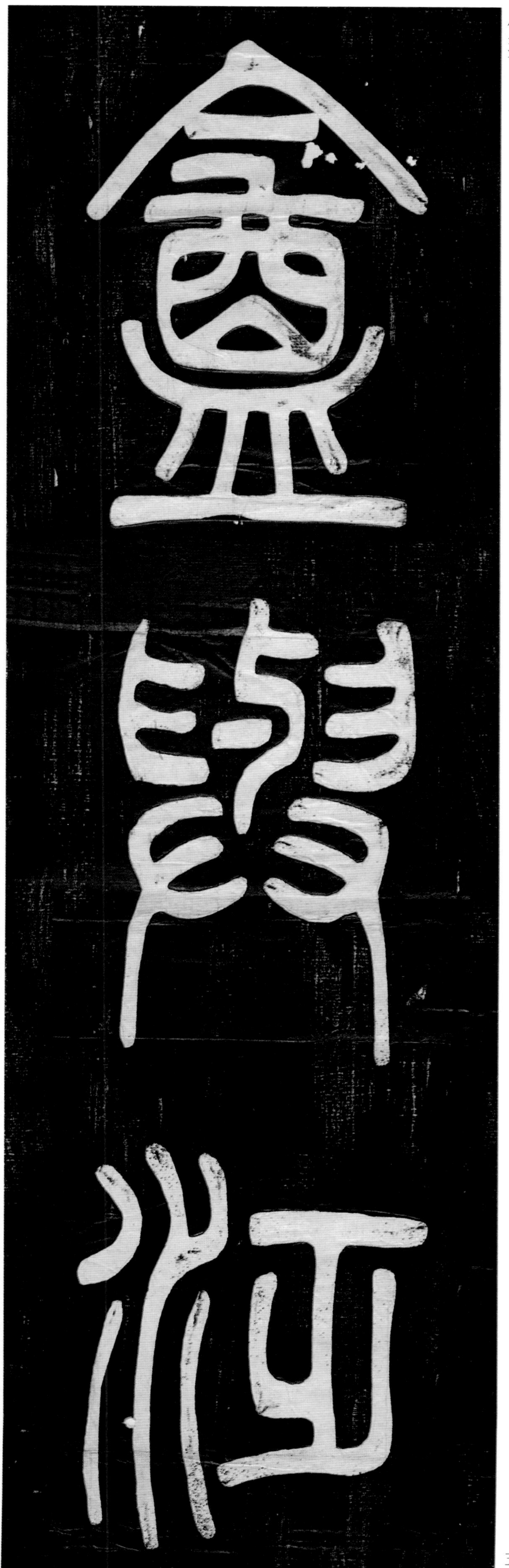

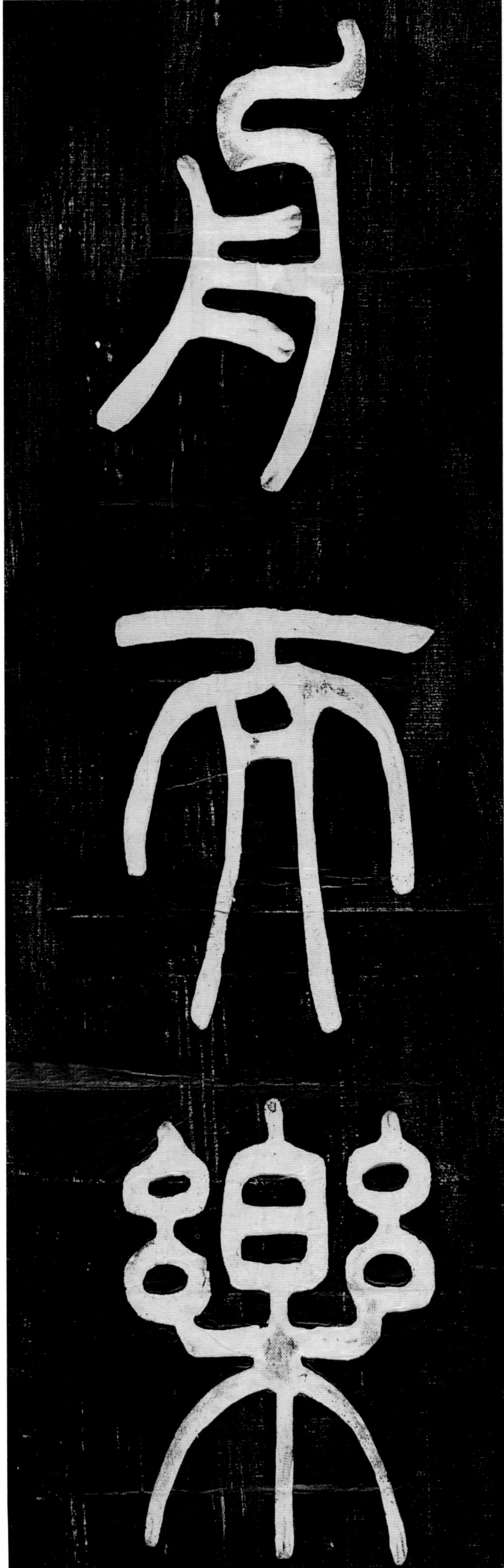

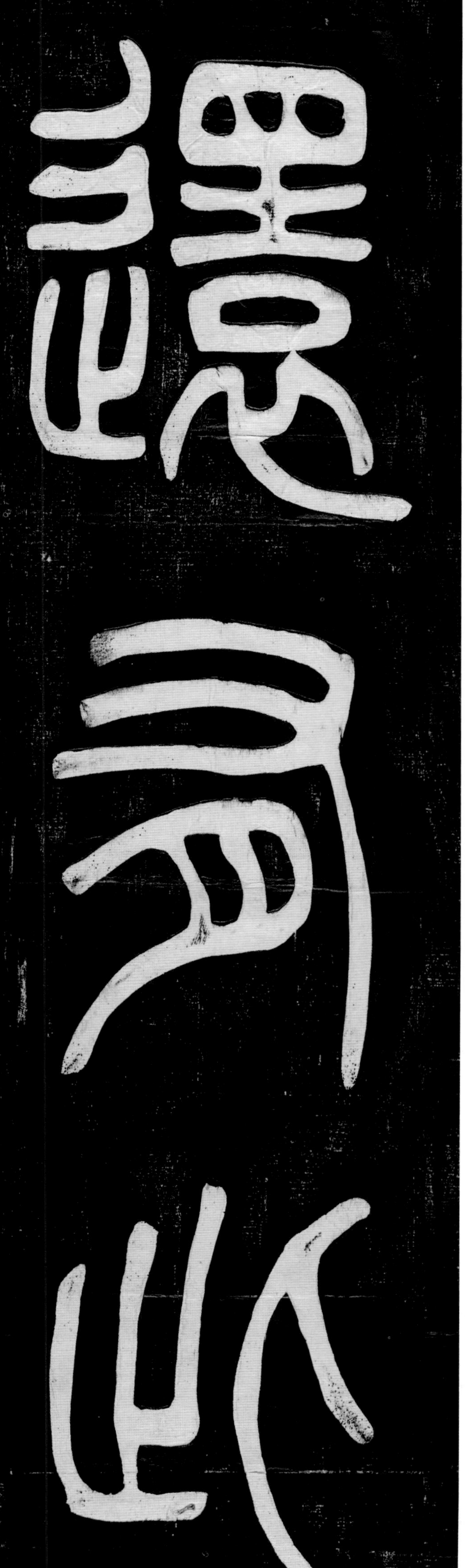

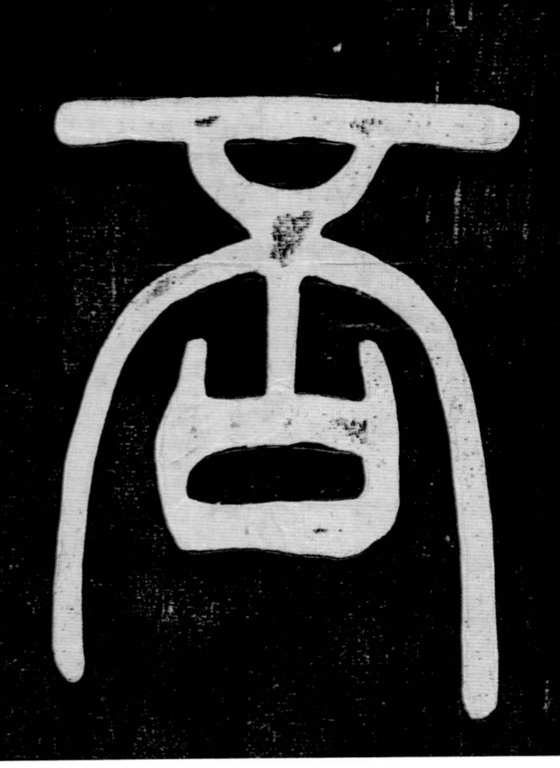

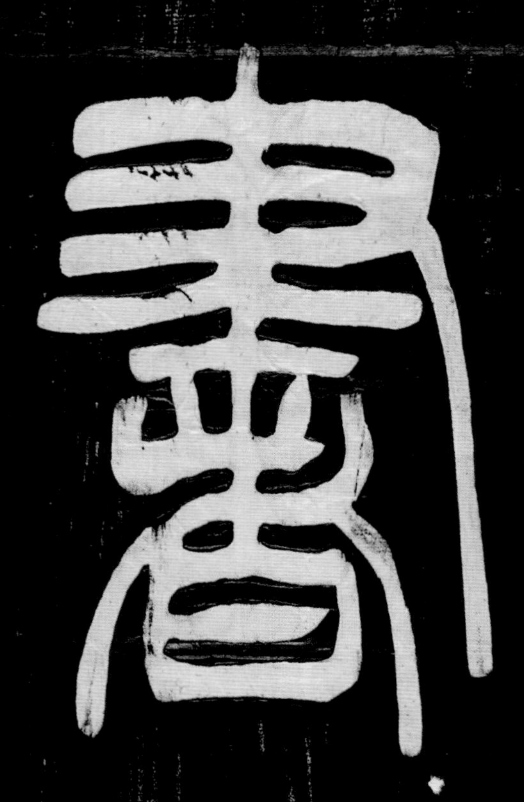

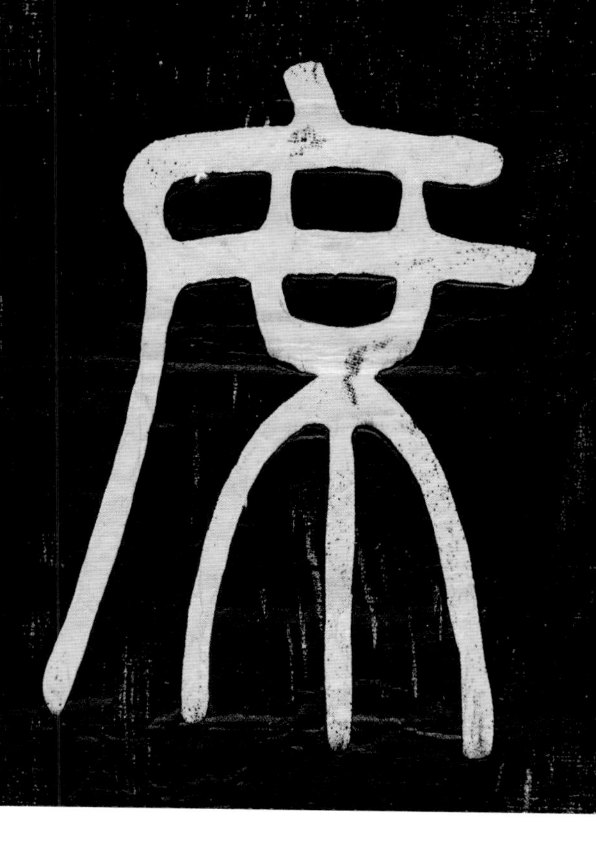

喻義章

聽者如

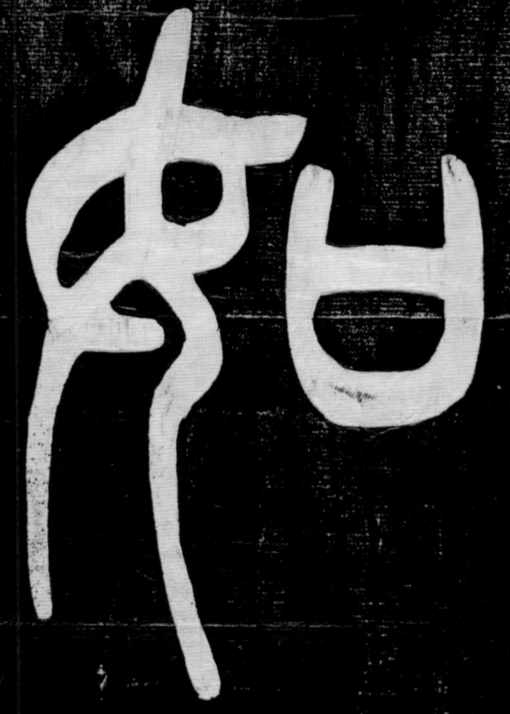

堵當時

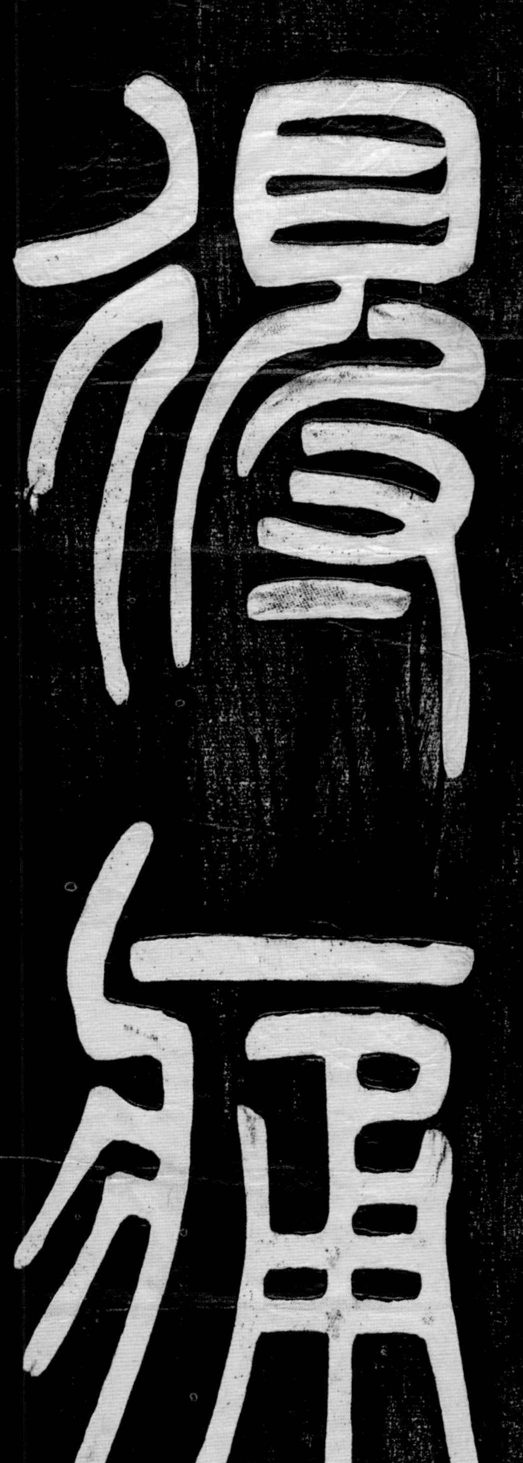

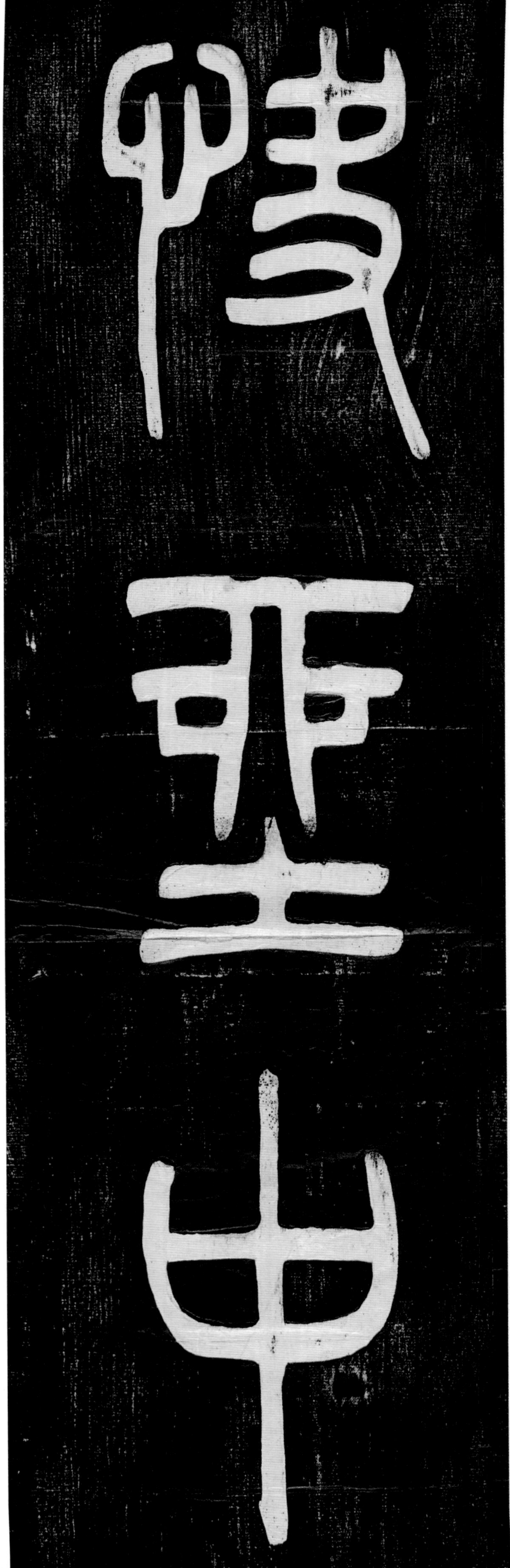

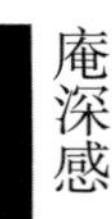
庵深感

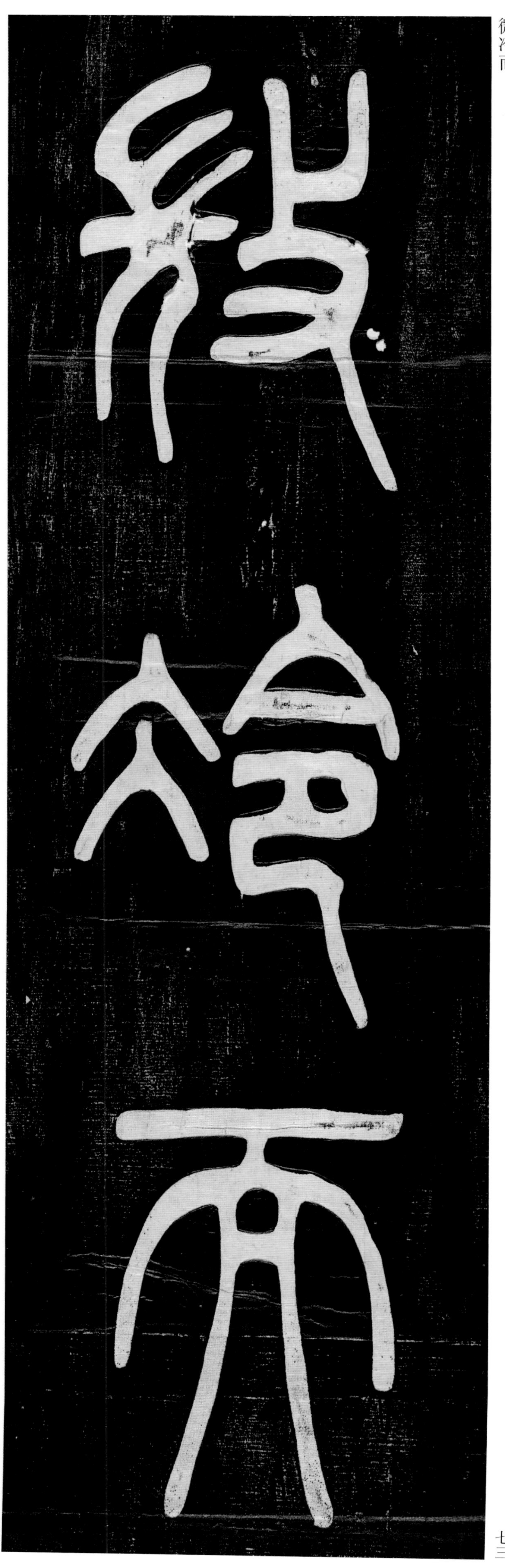
微冷而

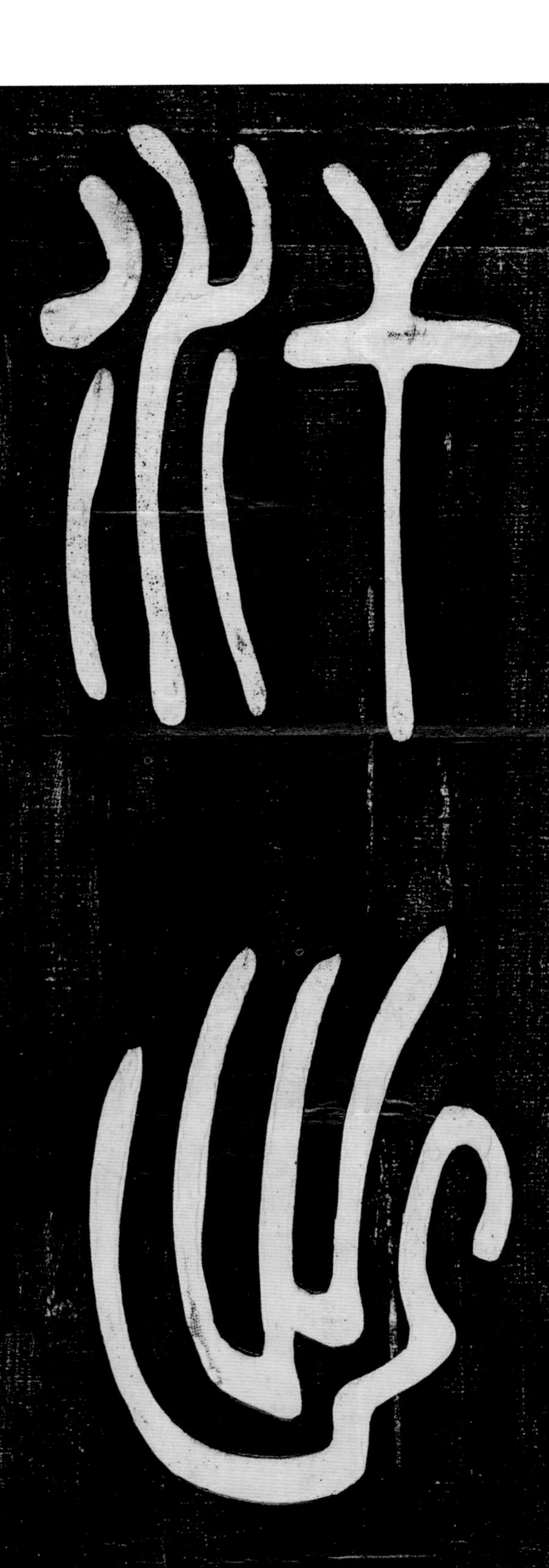

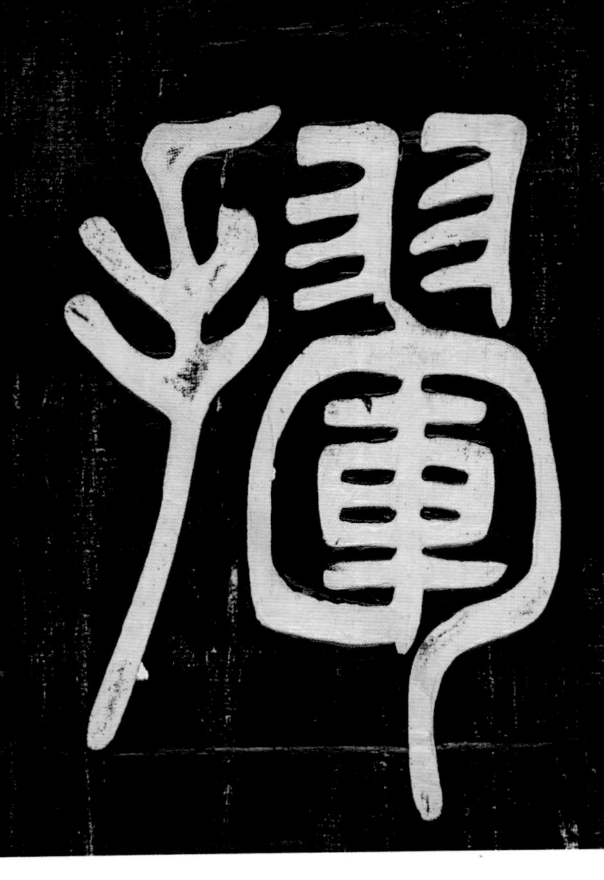

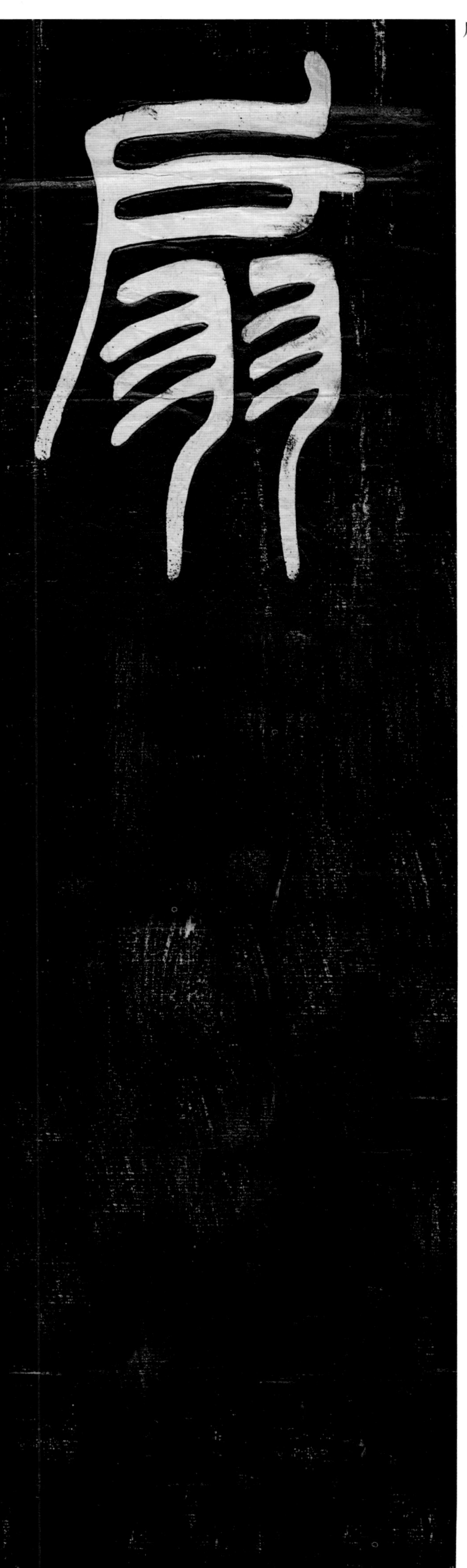

在癸亥八月下浣　完白山民鄧石如書